L'AIGLE

POÈME

PAR JULIEN DALLIÈRE

Lu sur le théâtre du Gymnase-Dramatique

LE 29 SEPTEMBRE 1855

PARIS
C. TRESSE, LIBRAIRE-ÉDITEUR
Palais-Royal, galerie de Chartres, nos 2 et 3

1855

L'AIGLE

ANGERS, IMPRIMERIE DE COSNIER ET LACHÈSE

L'AIGLE

POÈME

PAR JULIEN DALLIÈRE

Lu sur le théâtre du Gymnase-Dramatique

LE 29 SEPTEMBRE 1855

PARIS
C. TRESSE, LIBRAIRE-ÉDITEUR
Palais-Royal, galerie de Chartres, n°s 2 et 3

1855

A L'ARMÉE D'ORIENT !

I

LES CENDRES

L'AIGLE

« Son aigle est resté dans la poudre,
» Fatigué de lointains exploits. »

BÉRANGER.

I.

Il n'est pas resté dans la poudre
Cet aigle cher à nos drapeaux ;
Il sait encor lancer la foudre
Après quarante ans de repos!

Lorsque la trahison eût préparé la chaîne
Du demi-dieu martyr de la haine des rois,
Qu'au Golgotha de Sainte-Hélène
Se dressa la nouvelle croix ;

Que le drapeau français, signe de délivrance
Arrosé de sang et de pleurs,
Aux pieds de l'étranger foulant le sol de France
Vit déchirer ses trois couleurs;
Un cri se fit entendre, à travers la tempête,
Au cœur ému de l'exilé
Cloué sur ce rocher... sa dernière conquête!
C'était le cri d'adieu de l'aigle mutilé
Qui s'abattait sanglant sur ce roc désolé
Pour abriter sa noble tête!

Là, mourant, privé d'air, au seuil d'une prison,
Et se tournant encor vers l'immense horizon,
Il semble aspirer l'air d'une France nouvelle...
Et ses yeux presqu'éteints se ferment sous son aile.
« Il s'endort, disaient-ils, pour ne plus s'éveiller. »
Mais, tôt ou tard, ô rois, il saura vous apprendre
Que l'aigle est immortel, ou renaît de sa cendre.

— Il ne faisait que sommeiller!
— L'oiseau qui porte le tonnerre
Et qui vous a fait pâlir tous,
Si haut plane au-dessus de vous
Que votre main n'a pu l'étouffer dans son aire!

Par delà l'Océan, sur un lointain écueil,
Scellez bien le géant dans un triple cercueil;
De l'Empire étouffez la semence féconde,
D'une gloire importune éteignez le flambeau.
Mort, l'empereur et roi remplit encor le monde;
Son étoile luira par delà son tombeau!

Les magiques échos de son île sauvage
A tous les vents du ciel ont jeté ce grand nom,
Et les flots réveillés, de rivage en rivage,
Vous rediront un jour à la voix du canon :

Il n'est pas resté dans la poudre
Son aigle, effroi de vos drapeaux ;
Il sait encor lancer la foudre
Après quarante ans de repos !

II.

Ainsi pensait le peuple à l'instinct prophétique !
Et c'est la voix de Dieu qui parle par sa voix,
Voix puissante qui vaut toute la politique
Des diplomates et des rois !

Ce peuple de soldats, ce peuple des campagnes,
N'entend que sa robuste foi,
Foi qui transporte les montagnes,
Et dit : Lazare, lève-toi !

Oh ! spectacle à la fois effrayant et sublime,
Et des décrets du Ciel impénétrable abîme !
Le peuple, autour de nous, quand tout s'est écroulé,
Qu'on a vu gloire, honneur, fidélité, courage,
Disparaître et sombrer dans le vaste naufrage,
Est le seul en sa foi qui n'ait pas chancelé !

De tous les serviteurs il est le seul, peut-être,
Qui puisse noblement se vanter aujourd'hui
Qu'il n'a pas renié la gloire de son maître
Quand on l'insultait devant lui!
— De sacriléges mains s'acharnent à la base
De ce haut piédestal d'airain
D'où son regard de souverain
Et les foudroie et les écrase!

Lui, l'apôtre fervent de ce culte immortel,
Il croit encor au Dieu dont on brise l'autel,
Et, d'une main pieuse, au fond de sa chaumière,
Place à côté du Christ son aigle triomphant,
Près du chevet de son vieux père
Ou du berceau de son enfant!

En vain lui disaient-ils : Toute sa dynastie
Dans l'éternel tombeau descend anéantie...
En vain le drapeau noir flottait à l'horizon.
En ce livre de mort il ne voulut point lire.
Rêve, pressentiment, vision ou délire,
Le peuple seul avait raison!

— Et voilà de nouveau que l'ouragan se lève
Et lui rend ce drapeau... la moitié de son rêve!
Des choses de la terre incroyable retour!
Ceux qui l'avaient banni sont bannis à leur tour!

C'est le même drapeau... Mais, ces foudres rapides
Qu'une invincible main balança tant de fois
Du haut de l'Apennin au pied des Pyramides,
Et faisait éclater sur la tête des rois...?

C'est le même drapeau... Mais, ce soleil d'Arcole
Et d'Austerlitz et d'Iéna?
Et cette gloire enfin, lumineuse auréole,
Dont son aigle le couronna....?

C'est le même drapeau... Mais, signe de conquête,
Il faut, sur l'océan des générations
Qu'il brille, comme un phare au jour de la tempête,
A la tête des nations!

III.

— De l'astre impérial, la royauté nouvelle
Veut qu'un dernier rayon se reflète sur elle...
Que va-t-elle semer au vent de l'avenir?
D'une tombe lointaine au merveilleux prestige
Elle vient évoquer en un jour de vertige
Le formidable souvenir!

Par l'orage portée au trône séculaire,
Et le sceptre tremblant encore dans sa main,
Elle ose remuer ce levier populaire
Qui soulevait le genre humain!

Oui, rendez-nous celui qu'au roc de Sainte-Hélène
L'ostracisme des rois relégua malgré nous;
Ramenez lentement sur les bords de la Seine
Ce cercueil que la France attend presqu'à genoux...

Ouvrez-le devant tous... faites ainsi comprendre
Que le peuple s'égare en des vœux superflus...
Jamais il ne croira, s'il n'en touche la cendre,
Qu'enfin Napoléon n'est plus !

Mais la tombe est jalouse, et ne veut autour d'elle
Qu'un cœur religieux et qu'une main fidèle...
Elle vous punirait de vos feintes douleurs !
Si l'ombre qui l'habite était, durant la vie,
L'objet de votre haine ou bien de votre envie,
N'allez pas y jeter des fleurs !

— Mais la foule grandit comme une mer... Silence !
A Dieu seul appartient de tenir la balance,
A lui seul de peser la prière et l'amour !
Ecoutez cette voix éclatante et sonore...
C'est la voix du canon qui retentit encore,
Et l'empereur est de retour !

— Le voilà ! rien ne manque à la pompe suprême,
Ni son aigle pensif, ni le coursier qu'il aime !
Ni les mâles accents, ni les pieux transports.
Toi-même, courtisan des fêtes de l'empire,
O soleil, tu parais, et reviens lui sourire,
Et, perçant la nuée, illumines nos bords !

Oh ! ce n'est pas en vain que de pareilles fêtes
Et réchauffent les cœurs et tourmentent les têtes !
Le moissonneur de loin prépare les sillons ;
Et Dieu longtemps devant fait rayonner l'aurore
Du jour qu'il a marqué, du jour qui doit éclore
Pour éclairer les nations...

Ainsi l'a résolu sa sagesse profonde!
Des signes précurseurs se font entendre au monde,
Quand il va l'ébranler jusqu'en ses fondements.
— En quelque sens divers que s'agitent les hommes,
Dieu les mène, et, toujours aveugles, nous ne sommes
Que ses dociles instruments!

Et dans ce jour aussi c'est lui qui vous inspire,
Et qui nous montre à nous le chemin de l'empire.
— Ces restes ne sont point insensibles et froids....
Leur chaleur électrique a passé la frontière,
Et la France, au contact de la noble poussière,
A tressailli comme autrefois.

Et la commotion a gagné les deux pôles.....
A l'appel de leur Dieu, ces vétérans des Gaules
Semblent après vingt ans sortir de leurs tombeaux,
Fiers de porter encor, tout noircis par la poudre,
Comme de vieux drapeaux qu'a déchirés la foudre,
Leurs uniformes en lambeaux;

Fiers d'avoir parcouru toutes les capitales
En bravant les obus et la grêle des balles,
La mitraille de Vienne et celle de Berlin;
Des fleuves et des mers essuyé les tempêtes,
Et vu, sans s'émouvoir, s'écrouler sur leurs têtes
Toutes les horreurs du Kremlin!

Soldats de Marengo, débris vivants du Caire,
De Lodi, de Wagram et du dix-huit brumaire,
Pour la dernière fois ils viennent demander,
Fidèlement rangés au glorieux passage,
Si l'empereur n'a point, dans un dernier message,
Quelque miracle à commander!

Qu'il ordonne! — Faut-il dans la ville éternelle
Jeter les fondemens d'une Rome nouvelle?
Faut-il encor, faut-il s'atteler à son char?
Du reste de leur sang faut-il tremper la terre,
Ou forger de leurs mains un sceptre héréditaire
Dans la famille de César?

— Mais sa chute, l'exil et la tombe ..? Eh! qu'importe
Au vœu qui les égare, au feu qui les transporte!
Du cercueil que voici l'empire sortira!
A ces nouveaux témoins d'incroyables merveilles
Qu'importe le drap noir où pleurent ses abeilles?
Le prodige s'accomplira!

Non, ce n'est pas en vain que ces âmes antiques
Ont frappé de nos cœurs les cordes sympathiques,
Que la terre s'émeut sous leurs pas triomphants;
Que nous voyons leurs croix, que nous touchons leurs armes,
Que de ces yeux d'airain les héroïques larmes
Mouillent la main de leurs enfants;

Non, ce n'est pas en vain qu'ils jettent à la France
Ce cri du souvenir...., ce cri de l'espérance,
Ce cri, depuis vingt ans, dans leur sein comprimé,
Ce : *Vive l'empereur!* qui fait vibrer la terre
En s'échappant enfin de ce brûlant cratère
Qui lance au loin le feu dont il est consumé!

Non, ce n'est pas en vain qu'il plane sur le monde,
Qu'il demande ce cri, que la France y réponde
Et de toute son âme et de toutes ses voix;
Bientôt, à ces trois mots que le peuple répète
Répondront, dominant les vents et la tempête,
Huit millions d'échos à la fois!

— Que maintenant le char un instant se repose,
Qu'il fasse halte au pied de cet arc grandiose
Dont la gloire a sculpté le radieux contour;
Dont sa main jusqu'aux cieux a fait monter le faîte,
Afin que le géant dans quelque grande fête
Pût lui-même y passer un jour!

Monument souverain, vois sous ta large porte
La royauté vivante et la royauté morte,
Et le bandeau de pourpre et les voiles de deuil....
De ces deux majestés qui sont là face à face,
Quelle est celle qui brille et celle qui s'efface,
Quel est le trône et le cercueil?

Et le soir, ô terreur! le soir des funérailles,
Un doigt mystérieux courait sur les murailles
Et traçait les trois mots dans le palais des rois.
De tes jours, ô monarque, il a compté le nombre;
Vois s'éclipser ton règne, et vois poindre dans l'ombre
Celui de Napoléon trois!

— A l'œuvre, Phidias, à l'œuvre, Praxitèles!
Le tombeau n'attend plus que vos mains immortelles.
Taillez d'un fier ciseau vos marbres de Paros!
Sous le dôme brillant, qu'un gigantesque socle
Se dresse, pour porter le nouveau Thémistocle
Et son cortège de héros!

Et l'ombre du banni, de la nouvelle Athènes
S'étendra sur le monde. — Et des rives lointaines
Les peuples tour à tour viendront dire : il est là!
Et si, des flots impurs de leurs hordes sauvages,
Les Perses revenaient pour souiller nos rivages,
Qu'ils reculent..... car le voilà!

Adieu, terre d'exil ! Salut, terre française !
Sous le royal abri, l'aigle respire à l'aise !
L'aspect de cent drapeaux allume ses regards ;
Son instinct généreux lui révèle sans doute
Que sa serre bientôt pour l'immortelle voûte
Ravira d'autres étendards !

II

LE DRAPEAU ROUGE

I.

Et, trois jours accomplis, représaille fatale!
Encore un roi déchu quitte sa capitale,
Emporté par le flot des révolutions!
Le poignant souvenir d'un semblable naufrage
Vient, spectre accusateur, assaillir son courage
A ce reflux des factions!

— Muse, n'accablez pas le monarque qui tombe,
Qui, disant à la France un éternel adieu,
Sur le sol étranger va chercher une tombe,
Incliné sous la main de Dieu!

Qui, son palais en feu, son trône mis en poudre,
A cette voix d'en haut s'arrête épouvanté,
Quand Février lui rend ce même coup de foudre
Qu'entendit l'autre royauté...

Ce roi qui, séparé de toute sa famille,
N'a pas un serviteur pour lui donner la main,
Qui porte encor le deuil de sa plus jeune fille,
Antigone qu'il pleure en son rude chemin,
Qui, comme un cri vengeur, à ce moment suprême,
Se répète tout bas : Charles-dix... Charles-dix!
Et s'en va, sous le poids de son propre anathème,
Prier au tombeau de son fils!

—Mais quels débris, grand Dieu! quelle ruine immense!
Rien n'est resté debout... Le chaos recommence;
Et la France a tout vu, muette de stupeur.
Ces cris qu'ils ont poussés comme chants de victoire
Sont trop fidèlement gravés dans sa mémoire...
Ces Marseillaises lui font peur!

Qu'ils traînent tout un jour la pourpre dans la boue,
Cette gloire n'est pas de celles qu'elle avoue...
Quels insignes siéraient au front de ces guerriers?
— La muse les renie... — A nos gloires fidèle,
Elle craint de ternir la blancheur de son aîle
En effleurant de tels lauriers...

Ne vous appelez pas sauveurs de la patrie,
A ce nom usurpé la France se récrie;
Dérobez à ses yeux vos bras ensanglantés...
Elle ne trace point de palmes régicides,
Et vos mains ont laissé leurs taches fratricides
Sur le drapeau que vous portez...

France, laisseras-tu l'équipage en délire
Lancer aux océans ton superbe navire?

— Son gouvernail aux mains de pareils matelots!
J'aimerais mieux le voir, sans boussole et sans voiles,
Entre tous les écueils, à la foi des étoiles,
S'aventurer seul sur les flots!

Sur cette mer sauvage, en sinistres féconde,
Comment portera-t-il la fortune du monde,
Comment tracera-t-il son lumineux sillon?
Jette l'ancre au plus vite, ou, d'orage en orage,
Tu verras s'engloutir à ce dernier naufrage
Jusqu'à ton noble pavillon!

Ils ne t'écoutent pas... ils vont à la dérive
Sur le chemin fatal d'où le pilote arrive,
A ce courant des mers redouté des vaisseaux,
Dont la force inconnue et le pousse et l'attire
Au gouffre toujours prêt à broyer le navire
Qui vient tournoyer dans ses eaux!

Des prières, des vœux, leur démence se joue...
Une heure, une heure encore... et le navire échoue!
— Mais qu'importe l'abîme et le flot mugissant?
Tout est sauvé, pourvu que leur drapeau surnage,
Ce drapeau, juste ciel! l'emblême du carnage,
Ce drapeau, la couleur du sang!

Mais non! sur le tableau de notre grande histoire
Dieu ne permettra pas cette ombre à notre gloire;
La France sous ce joug n'ira pas se courber!
A travers les clameurs, les mousquets et les piques,
A travers mille morts — de leurs mains fanatiques
Un cœur vaillant le fait tomber!

Qui donc ainsi commande aux rumeurs populaires?
Qui donc brise la hache aux faisceaux consulaires?
— Français, de ce beau nom gardez le souvenir!
Est-il besoin qu'ici ma bouche le prononce,
Quand, depuis si longtemps chaque muse l'annonce
Aux mille voix de l'avenir?

Lamartine! le Dieu qui frappe et qui console
Sans doute te prêta sa force et sa parole
Pour dire aux flots grondants: Vous n'irez pas plus loin!
— Ce fier regard, ce geste et sa toute-puissance,
Gravez-les! car au temps... de la reconnaissance
Le sculpteur en aura besoin!

C'est devant ce drapeau que le bronze fidèle
Devait prendre à grands traits son empreinte immortelle
Au nom de la patrie, au nom du genre humain!
C'était pour nous, ingrats! une dette sublime,
De ces dettes d'honneur qu'un peuple magnanime
Ne remet pas au lendemain!

Un jour pareil est grand à défier l'envie!
Il ne luit pas deux fois dans la plus longue vie...
Un siècle se mesure à ce divin élan!
C'est l'accomplissement du rêve magnifique
Qu'un jour lui fit rêver une voix prophétique
Au pied des cèdres du Liban!

Puisse-t-il s'arrêter après cette journée!
Puisse-t-il, sans trahir sa haute destinée,
Dire à la politique un éclatant adieu!
— Inspiré du Très-Haut, souffle de sa pensée,
Rentre, barde des cieux, dans ta sphère tracée,
Reprends ton vol au sein de Dieu!

L'Éternel au génie a marqué ses limites;
L'Océan ne sort pas de ses bornes prescrites;
Les prophètes, après leur sainte mission,
S'en retournaient, ainsi que des aigles sublimes,
Loin des sentiers humains, vers les célestes cîmes
De la montagne de Sion!

Mais si, fermant les yeux aux splendeurs de ta muse,
Tu poursuis sur nos bords la lueur qui t'abuse,
Si ton luth sous ta main ne doit plus soupirer,
Oh! laisse, laisse-moi, déplorant ton délire,
Laisse-moi détacher des cordes de ta lyre,
Une du moins pour te pleurer!

II.

Ciel! quel coup de tonnerre éclate sur la ville!
Encore le tocsin de la guerre civile
Qui réveille en sursaut Paris épouvanté!
C'est Juin! c'est le massacre et l'horrible lumière
Que jette autour de nous la torche incendiaire
Qui va dévorer la cité!

— Au nom du Dieu de paix, le pardon à la bouche,
L'archevêque, au milieu d'un silence farouche,
Paraît, montrant la route ouverte au repentir.
Mais ils ont visé juste, et le saint prêtre tombe.
Le rameau qu'il portait ombragera sa tombe
Comme la palme d'un martyr.

Voilà, voilà pourquoi la France les abhorre!
Car tout ce qu'ils ont fait, ils le feraient encore...
Mais Teutatès n'est plus adoré des Gaulois.
Le sang ne fume plus sur cet autel sublime
Où la vertu tombait sous la hache du crime,
Quand la terreur dictait ses lois.

Oui, contre vos faux dieux le vrai peuple proteste.
Cette liberté-là n'est que l'ange funeste,
L'ange des mauvais jours, des pleurs et des regrets.
Coupez, déracinez les chênes séculaires...
Comment nous rendrez-vous leurs ombres tutélaires?
Vous ne plantez que des cyprès!

Et vous le convoquez sous de sanglants auspices!
Et vous le consultez au jour de vos comices!
Il laisse là sa tâche, il quitte son sillon...
Mais, fils de l'atelier ou fils de la charrue,
Ce n'est pas pour grossir des héros de la rue
L'épouvantable bataillon!

Ce travailleur, le soir de sa rude journée,
Dans le livre des cieux a lu sa destinée.
Il a vu reparaître à l'obscur horizon,
Il a vu s'arrêter sur son humble chaumière
Une étoile qu'il suit à sa vive lumière,
L'étoile de Napoléon!

Elle n'a point cessé, pour vous seuls éclipsée,
De briller, cette étoile, au ciel de sa pensée.
Pour lui, tout s'éclaircit à ce divin flambeau.
L'orage se dissipe, et le cri de la France
Fait palpiter enfin de joie et d'espérance
L'aigle qui garde le tombeau.

Va, tu n'es plus captif sous ces voûtes fidèles,
Aigle trois fois vainqueur, étends, étends tes ailes
Aux acclamations d'un peuple tout entier...
— Enlève du cercueil le sceptre et la couronne;
Napoléon premier le permet et l'ordonne :
Il a trouvé son héritier!

III

SÉBASTOPOL

I.

Et le palais des rois, silencieux et sombre,
Répandra de nouveau la vie et la clarté;
Assez et trop longtemps il projeta son ombre
Comme un vaste tombeau sur la grande cité.
La lumière se fait. Tout renaît, tout respire.
Ce séjour a repris son antique splendeur.
C'est un premier rayon du soleil de l'empire,
C'est un regard de l'empereur!

Le peuple a relevé ce trône héréditaire
Où deux cœurs généreux règneront à la fois;
L'un, ferme, s'y consacre au repos de la terre,
Admiré de la France et respecté des rois;
L'autre, trésor de grâce et de bonté divine,
Ange compatissant à toutes les douleurs,
Veille à la même place où veillait Joséphine,
Et ne veut que sécher des pleurs.

France, vois à l'abri d'un sceptre tutélaire,
Vois rentrer dans leur lit les torrents débordés.
Dégagé de leurs eaux, le fleuve populaire
Suit son cours au milieu de tes champs fécondés.
— Des luttes du Forum désormais affranchie,
Tu peux grandir en paix, quand l'aigle, l'œil ardent,
De sa serre étreignant l'hydre de l'anarchie,
Veille aux portes de l'Occident!

Malheur à qui voudrait tenter cette barrière!
Sentinelle avancée à ce poste d'honneur,
Relevant l'étendard de la France guerrière,
Il reprendrait son vol au nom de l'empereur!
Ne le contraignez pas à sortir de son aire,
Ne le contraignez pas à se ressouvenir
Qu'il est toujours l'oiseau qui porte le tonnerre,
Prêt à venger, prêt à punir!

Ennemi courageux, il est ami fidèle...
Et ce n'est pas en vain qu'implorant son appui,
Le faible ou l'opprimé s'abrite sous son aile,
Car l'agresseur aurait à compter avec lui!
Mais qu'a-t-il vu là-bas, du côté de l'aurore?
Son œil étincelant plonge du haut des airs;
Attentif, il regarde aux rives du Bosphore,
Et déjà lance des éclairs.

Par delà l'horizon et la liquide plaine,
L'aigle t'a reconnu, reptile monstrueux;
Il a suivi ta trace au vent de ton haleine,
Tu ne peux lui sceller tes replis tortueux.

Déroule tes anneaux ; de tes steppes arides,
Pour réchauffer ton sang, glacé par les frimats,
Viens dorer, si tu peux, tes écailles livides
Au doux soleil de nos climats !

Il prend mille détours ; tantôt fier et superbe,
Pour effrayer le monde, il s'avance en sifflant ;
Tantôt il se dérobe et se cache sous l'herbe,
Mais toujours vers son but il glisse l'œil sanglant.
Hier, il s'abreuvait à flots dans Varsovie,
Et voilà qu'il convoite une autre proie encor,
Que sa soif aujourd'hui ne peut être assouvie
Qu'à Byzance aux minarets d'or !

Qu'il y règne un seul jour, que ce monstre sauvage
Y verse les poisons de son souffle empesté,
Son empire n'a plus ni borne ni rivage,
Le monde est un désert par lui seul habité.
Oui, que Stamboul sous lui meure de ses blessures;
Maître des continents, maître des vastes mers,
Il peut en plein soleil, méditer ses morsures,
Il peut enlacer l'univers !

Conquérant ? Eh bien soit ! — Ils ont leurs priviléges.
Russe, quels sont les tiens ? où sont tes monuments ?
Les arts ? la liberté ? — Sous tes pas sacriléges
Je ne vois que des fers et d'affreux ossements.
Horreur ! au nom du Christ, tu portes le ravage !
Tu n'es que ce fléau comme toi fils du Nord
Qui ne laisse après soi sur son fatal passage
Que les conquêtes de la mort !

Le conquérant n'a pas ta honteuse bannière;
Il passe le front haut marqué du sceau divin,
En traçant dans le monde un sillon de lumière.
De ce nom glorieux tu te pares en vain.
Je vois bien... des cités que tu réduis en cendre,
Des débris et du sang! mais je n'aperçois là
Ni l'ombre de César, ni l'ombre d'Alexandre,
Mais toujours celle d'Attila!

Prêche la guerre sainte... en face de l'Europe,
Exhale en *Te Deum* tes mensonges hardis.
Prends, bourreau de Praga, la torche de Sinope
Pour éclairer les yeux de tes serfs engourdis.
De la Bérésina rappelle le naufrage,
Ces tempêtes de neige, ouragans meurtriers,
Qui glacèrent les mains et non pas le courage
De tant d'invincibles guerriers.

Au nom de la foi grecque et de l'*orthodoxie*,
Cite dix-huit cent douze au Cosaque vainqueur.
Mais en dix-huit cent douze, orgueilleuse Russie,
L'aigle, sans tes frimats, t'aurait frappée au cœur.
Non, non, ce ne sont pas tes phalanges d'esclaves
Qui protégeaient ton trône au bord de la Néva
Contre la grande armée et les braves des braves,
Ces princes de la Moskowa!

Tu fais bien d'évoquer les ombres de nos pères,
Car leurs fils doublement empressés d'accourir,
Sans trêve ni repos fouilleront tes repaires
Au cri d'un peuple ami... qui ne veut pas mourir!

Redis, pour exciter l'ardeur qui nous dévore,
Ces géants sur ton sol tombés — mais non vaincus!
Légions de Varus, que nous pleurons encore,
Vous aurez vos Germanicus!

Piémontais, levez-vous! debout, vieille Angleterre!
Ennemis généreux oublions nos débats.
Nous avons en nos mains les destins de la terre,
A chacun notre part à l'heure des combats!
Le serpent se démasque... A l'œuvre! guerre! guerre!
Déjà le sol qu'il foule est semé de tombeaux.
Mais déjà l'aigle aussi, sous sa terrible serre,
Fait voler ses chairs en lambeaux!

— Déployez-vous, venez des rives du Bosphore,
Étendard britannique, étendard tricolore!
Soldats, le glaive en main, hâtez-vous, débarquez!
Que du flanc des vaisseaux votre courroux s'élance;
Punissez l'insolence
Des descendants des Huns qui vous ont provoqués!

Que notre pavillon s'entrelace et qu'il flotte
Sur les mâts radieux de notre double flotte
Pour la gloire du monde et pour sa liberté!
Que les vents de l'Euxin qui porte notre armée,
Soufflant loin des écueils, poussent sur la Crimée
Ces croisés de l'humanité!

Et l'œil émerveillé de notre jeune histoire
Unis et confondus verra nos étendards,
Nos Aigles et vos Léopards
Dans un commun accord s'envoyer la victoire!

II.

— Nous voici côte à côte, et l'on nous attend là!
Il s'agit d'emporter les hauteurs que voilà!

Rochers taillés à pic, inaccessibles routes,
Effroyables remparts couronnés de redoutes,
D'où cent bouches à feu vont tonner à la fois.
Il faudrait... pour gravir la formidable cîme,
Il faudrait... pour franchir l'infranchissable abîme,
    Il faudrait le pied du chamois!

On ne peut y monter? Regardez : on y vole!
Il ne sera pas dit que le drapeau d'Arcole
Ait passé dans nos mains afin de reculer.
Il n'est point de redoute, il n'est point de barrière,
Et le soldat français va planter sa bannière
    Partout où l'aigle peut voler!

    Entendez-vous? la foudre gronde.
    De flots noirs la plaine s'inonde;
    Les barbares épouvantés,
    Dans le ravin précipités,
    Vont combler la gorge profonde
    Avec leurs chevaux culbutés!

Quel choc impétueux, et qu'ils sont beaux ces braves
Au soleil africain bronzés....! Ce sont nos zouaves
Premiers soldats du monde, ainsi qu'on les nomma.
Que ne sais-je vos noms pour pouvoir les redire,
Pour échauffer mes chants, pour illustrer ma lyre,
Immortels vainqueurs de l'Alma!

Mais je ne puis garder un oublieux silence
Et je dirai du moins le premier qui s'élance
Pour arborer nos trois couleurs.
— A ce sang généreux je dois mêler mes pleurs.

Au nom de la cité, notre commune mère,
Muse, donne une larme au héros angevin!
Vois flotter ce drapeau sur ce haut belvédère :
C'est le drapeau français qu'y planta Poidevin?

— Que sont donc les chefs d'une armée
De tant d'héroïsme animée?
Des Cynégires pour soldats!
Oh! alors, les temps sont fertiles....
Quand Xerxès est aux Thermopyles,
Dieu produit ses Léonidas!

Dominant ce tableau de sa grandeur antique
Admirez ce chef héroïque,
Faisant taire du corps la criante douleur.
Sublime d'énergie, effrayant de pâleur,
Lorsque déjà la mort l'a touché de son aile,
Il la force d'attendre! — Il se fait soutenir
Sur le noble coursier qu'il ne peut contenir.....
« Mort, viens là-bas, dit-il, la moisson sera belle. »
Et dirigeant sa faulx, il s'élance avec elle!

Il meurt! mais ses efforts n'ont pas été trahis.....
Les Russes par milliers ont mordu la poussière
Et Saint-Arnaud les offre, à son heure dernière,
En holocauste à son pays!

L'aigle, présent partout, haletant, hors d'haleine,
Terrible, a balayé la montagne et la plaine,
Et partout à la fois, les Russes immolés,
Du haut de ces remparts que leur fit la nature
Roulent; leurs corps sanglants serviront de pâture
Aux vautours que pour nous ils avaient appelés!

En avant! en avant! poursuivez votre ouvrage,
Soldats! un jour si beau demande un lendemain.
Les victoires sont sœurs; souriant au courage,
Elles aiment venir en se donnant la main.
De nos traditions, héritiers intrépides,
Suivez l'aigle; il repart, et vous montre en son vol
Inkermann et Sébastopol,
Encor deux étapes splendides!

Le livre de l'histoire à vos yeux est ouvert;
Dieu bénit le champ de bataille
Qui retrempe les cœurs et nous montre la taille
Des Pélissier, des Canrobert!

III.

— Ils font jouer la mine, ils ouvrent les tranchées
De corps moscovites jonchées;
Enveloppent le Russe en un cercle de feu,
Brisent, jettent au vent les jalons de conquêtes
Que planta sur la foi de tous ses rois prophètes
Ce prétendu peuple de Dieu!

Sous le souffle puissant de notre grande armée
Cette gloire du Nord se dissipe en fumée.
— Semant son propre sol de débris et de morts,
Aux brâsiers du Kremlin il ramasse et rallume
Cet éternel brandon qui dévore et consume
Ses blés, ses vaisseaux et ses ports!

IV.

— Dans votre œuvre, soldats, contre la barbarie
Joignez la patience à la sainte furie.
Ce ciel déchaînera sur vous tous ses fléaux,
Mais toujours on verra le grand cœur de la France,
Sous la tente de l'ambulance,
Près du lit de nos hôpitaux!

Où la mort a marqué le plus de funérailles
Voyez nos Ferrari précipiter leurs pas ;
Voyez nos bonnes sœurs, ces anges des batailles,
Qui consolent celui qu'ils ne guérissent pas !

Ainsi le Dieu de paix souffre parfois la guerre
Pour léguer aux humains d'admirables leçons,
Comme le laboureur qui déchire la terre
Afin d'y déposer le germe des moissons !

V.

L'aigle, l'œil attristé, du haut de la montagne,
Suit les convois pieux que le prêtre accompagne ;
Puis il reprend son vol avec un cri strident.
Il sait qu'impatient l'univers le regarde....
Mais c'est pour mieux frapper, qu'un moment il retarde
Les vengeances de l'Occident !

Le voyez-vous là-bas? prompt comme la pensée,
Il s'élance, il s'attache à l'œuvre commencée....
De sa serre embrasée il laboure le sol.
Il plane sur la ville, et l'ombre de ses ailes,
Comme un voile de mort, couvre tes citadelles,
Imprenable Sébastopol !

Colosse de granit, en vain ton front s'abrite
Sous ton ciel inclément.... ce rempart moscovite!
Tu reconnaîtras l'aigle à ce terrible coup!
A travers mille feux, le sang et la mitraille,
C'est ici qu'il aura son jour de représaille,
Et sa revanche de Moscou!

A l'assaut donc! l'heure est venue!
Le signal brille dans la nue,
Et Pélissier dit : avancez!
Les vaisseaux tonnent dans la rade,
Et l'échelle de l'escalade
Va se planter dans les fossés!

L'aigle partout, partout foudroie.
Il saisit, il étreint sa proie,
Les soldats volent à l'assaut.
Il les pousse, les aiguillonne,
Il bat des ailes, tourbillonne....
— C'est Sébastopol qu'il lui faut!

— C'est une suite de batailles
Où croulant avec les murailles
Les blessés roulent sur les morts,
Où sur vingt brèches enflammées
Les deux implacables armées
Six fois se prennent corps à corps!

L'airain mugit, le sang ruisselle,
Le vieux rempart tremble et chancelle.

Tous les czars ont pâli d'horreur !
— Frappant le ciel, la terre et l'onde,
Comme un tonnerre éclate et gronde
Le cri de : *Vive l'Empereur !*

— Chante, triomphe encore, impuissant Moscovite,
Sur les débris fumants de la ville maudite !
— Si précipitamment il fuit épouvanté
Que, sa torche à la main, cet ennemi sauvage
N'a pas même le temps d'accomplir le ravage
De sa formidable cité !

— L'aigle suspend les coups de ses foudres rapides...
Et maintenant tonnez, échos des Invalides,
Annoncez son retour au monde qu'il sauva.
L'aigle a bien mérité des peuples de la terre,
Il vient de renverser le rêve héréditaire
Des pirates de la Néva !

Sébastopol s'écroule *et leur terre promise*
N'est plus pour l'Occident que la terre conquise;
Quand tant de sang français a trempé ses sillons,
Après ces nuits, ces jours de mortelles attentes,
Nous devions y planter nos fraternelles tentes
Avec nos quatre pavillons !

— Encore chaud du combat l'aigle joyeux s'élance;
Il va porter vos noms, chers enfants de la France,
A Napoléon trois dont vous êtes l'orgueil.
Puis, vers le grand tombeau volant à tire d'aile,
Il redit le message, en compagnon fidèle,
A l'ombre qui tressaille au fond de son cercueil.

Vous suivrez, sans tarder, ses traces lumineuses ;
Mais quand vous reviendrez vers vos mères, heureuses
De vous revoir après de poignantes douleurs,
Que vous regretterez, en ce jour plein de charmes,
Tous ceux que vous laissez, tous vos compagnons d'armes
Couchés sous ces gazons où vous semez des fleurs!

Oh! ne les plaignons pas! ils ont rejoint nos pères,
Heureux et fiers là-haut de nos armes prospères!
— Leurs vieilles légions accourent sur ces bords,
Car Dieu juste permet aux héros d'un autre âge
Afin de saluer votre mâle courage,
De se lever d'entre les morts!

Ils sont là, je les vois. Leurs âmes satisfaites
Reconnaissent la France aux choses que vous faites.
Si vous n'étiez leurs fils, ils en seraient jaloux!
— Du fond de la Russie, à leurs voix paternelles,
Sortant de ce linceul de neiges éternelles
Leurs drapeaux mutilés s'inclinent devant vous!

VI.

Comme Pierre-le-Grand, la France avait son rêve!
Le sien s'évanouit, quand le nôtre s'achève!
Les peuples sur nos bords étalent leurs grandeurs...
La reine des cités les reçoit et leur ouvre
Ses temples, ses palais — et la gloire du Louvre
Couronne toutes ces splendeurs!

Ce siècle dans l'histoire aura sa noble page ;
Tressaille d'allégresse et marche dans ta foi,
France ! de ton élu c'est l'immortel ouvrage.
Compte à jamais sur lui, comme il compta sur toi !
Répands, répands au loin tes gerbes de lumière
Pour éclairer les pas des générations.
Tu marches à ton rang, en marchant la première
Entre les grandes nations !

— Et maintenant à toi de tresser la couronne
Pour ces fils des géants endormis loin de nous !
Napoléon leur dit, du haut de la colonne :
« Vos pères sont vengés, je suis content de vous. »
— Ils auront, eux aussi, leur temple impérissable.
D'autres, pour en jeter l'éternel fondement,
Donneront leur granit ; je n'ai qu'un grain de sable
Et je l'apporte au monument.

www.ingramcontent.com/pod-product-compliance
Ingram Content Group UK Ltd.
Pitfield, Milton Keynes, MK11 3LW, UK
UKHW020955220726
13924UKWH00002B/707

9 782019 199630